Buch

Linus verbringt die Sommerferien bei seinem Opa Kurt. Dort erlebt er mit der Ananasprinzessin und ihren Freunden die verrücktesten Abenteuer mit vielen Überraschungen.

Autorin

Sabine Staadt (geb. Mohr) wurde 1981 geboren und lebt im Hunsrückort Morbach. Sie arbeitet als Erzieherin.

Folgende Bücher hat sie bereits unter ihrem Mädchennamen über BoD veröffentlicht:

- „Bine fahre Memphis", ein Urlaubstagebuch der etwas anderen Art
- „Typisch Polly"
- „Lilo und die Detektei Wüstenwind", eine Abenteuergeschichte für Kinder.

Außerdem veröffentlichte sie in regelmäßigen Abständen lustige und skurrile Begebenheiten aus ihrem Leben auf ihrer Internetseite (www.bines-buecherecke.de.to).

Illustratorin

Christyn Anton wurde 1988 geboren und lebt in Morbach im Hunsrück. Das Cover dieses Buches ist die erste Veröffentlichung der Frisörmeisterin.

Sabine Staadt

Zauberer Wolkenwandler und die Ananasprinzessin

Herstellung und Verlag:
BoD-Books on Demand, Norderstedt
ISBN: 978-3-7528-1346-3

Wie ein gelber Gummiball hüpft das Mädchen laut singend und lachend und singend über die Wiese. Auf einmal stolpert sie über etwas, das auch noch laut „Aua" schreit. Verdutzt bleibt sie stehen und sieht sich um. Hinter ihr liegt ein Junge auf dem Boden und reibt sich seinen rechten Arm.

Wütend schaut er sie an: „Kannst du nicht aufpassen?!"

„Entschuldige bitte", antwortet das Mädchen kleinlaut. „Ich habe nicht aufgepasst, wo ich hin laufe. Mein Papa sagt immer, ich bin ein Hans-Guck-in-die-Luft." Bei diesem Ausspruch muss sie schon wieder grinsen. Da der Junge aber immer noch ganz schön böse guckt, setzt sie sich neben ihn ins Gras. „Tut es sehr weh? Hoffentlich ist der Arm nicht gebrochen!"

Jetzt ist es der Junge, der verdutzt guckt. „Der ist doch nicht gebrochen, so stark ist dein Fuß ganz bestimmt nicht!"

Das Mädchen reagiert gar nicht darauf, was der Junge mit den roten Haaren zu ihr sagt. Stattdessen ist sie mit ihrem Gesicht ganz nah an seins herangekommen und starrt ihn an. Der Junge läuft rot und guckt ganz verunsichert.

„Was machst du da?"

„Ich kenn´ dich doch", antwortet das Mädchen, während sich ihre Nasenspitzen schon fast berühren. Plötzlich springt sie auf und klatscht in die Hände. Der Junge zuckt erschrocken zurück. „Jetzt weiß ich's", ruft sie, „du bist doch Linus, der immer bei seinem Opa Urlaub macht."

Linus nickt nur und beobachtet das aufgeregte Mädchen nun noch genauer, bevor auch ihm ein Licht aufgeht. „Du bist Mascha", sagt er freudestrahlend, „ich hätte dich fast gar nicht in deinem Kostüm erkannt."

„Das ist doch kein Kostüm", antwortet Mascha entrüstet. „Das ist mein Prinzessinnenkleid, und heute bin ich nicht Mascha, sondern die Ananasprinzessin!"

Wie zum Beweis beginnt sie damit, Pirouetten zu drehen. Linus muss lachen, denn das Mädchen sieht eigentlich nicht aus wie eine feine Prinzessin. Das quietschgelbe Prinzessinnenkleid mit den vielen Schleifen ist ihr ein bisschen zu klein, weshalb ihr Bäuchlein wie eine kleine Kugel aussieht. Ihre große Brille, die blauen Turnschuhe und die Fliegerkappe über ihren blonden kurzen Locken lassen sie schon etwas komisch aussehen. Das sagt Linus ihr dann auch, als sie ihn wegen des Lachens fragend ansieht.

„Hm", antwortet Mascha schulterzuckend, „ich bin halt eine ganz spezielle und besondere Prinzessin."

Linus bekommt ein schlechtes Gewissen, weil er so gemein war und möchte sich entschuldigen, als Mascha weiterspricht: „Was hast du überhaupt da auf dem Boden gemacht?"

Linus ist erstaunt, dass das Mädchen gar nicht beleidigt ist, antwortet aber besonders höflich: „Ich habe Wolken verwandelt."

Jetzt guckt Mascha ganz erstaunt: „Wie, du verwandelst Wolken? Sowas kannst du? TOLL!!! Magst du es mir zeigen?"

Linus ist ganz stolz, dass Mascha so begeistert ist. „Klar, ich zeig es dir gerne! Komm, leg dich neben mich und schau in den Himmel." Die beiden Kinder legen sich nebeneinander auf die Wiese. Linus schaut direkt zu den Wolken. Mascha betrachtet interessiert Linus' Gesicht. „Mensch, das sieht aber ganz schön anstrengend aus. Du hast auf einmal ganz viele Falten und deine Augen sind fast ganz verschwunden!" Mascha klingt wirklich beeindruckt.

Linus wird etwas rot und antwortet: „Richtig schwer ist es eigentlich nicht, aber ich muss mich ganz schön konzentrieren!"

„Ok, dann mach mal!", sagt Mascha und schaut jetzt auch in den Himmel.

„Siehst du die kleine Wolke direkt über uns?", fragt Linus. Vor lauter Spannung kann Mascha nur nicken, was Linus natürlich nicht sehen kann.

Trotzdem erklärt er weiter: „Jetzt konzentrier´ ich mich ganz doll und versuch´ sie zu verwandeln."

Eine ganze Weile passiert gar nichts und Mascha wird es fast schon ein bisschen langweilig. Sie überlegt sich gerade, was sie als Ananasprinzessin alles spielen könnte und ob Linus wohl gern ihr Ritter wäre, als plötzlich - „Die Wolke verändert ja wirklich ihre Form!!!" Mascha ist vor lauter Überraschung aufgesprungen und kann nur noch „Oh, wie schön", sagen. Linus reagiert darauf nicht. Deshalb legt sie sich wieder neben den Jungen und strahlt die Wolke an, die sich immer mehr verwandelt.

Nach einiger Zeit hört Mascha den Jungen flüstern: „Kannst du erkennen, was es ist?"

„Klar", antwortet sie freudestrahlend, „das ist eine Schildkröte." Erleichtert seufzt Linus.

„Mensch, das hast du wirklich toll gemacht! Du bist ja ein echter Zauberer!"

„Naja, richtig gezaubert habe ich nicht", gibt Linus bescheiden zu.

„Quatsch, ich finde, das ist Zauberei und richtig, richtig toll!!!"

Jetzt strahlt Linus mindestens genauso viel wie das Mädchen in dem quietschgelben Kleid. Mascha hebt plötzlich den Zeigefinger, wie sie es immer macht, wenn sie eine großartige Idee hat. „Willst du vielleicht der Wolken-Zauberer der Ananasprinzessin sein? Wir könnten tolle

Abenteuer erleben!"

„Ja, gerne", strahlt Linus, „aber erleben Prinzessinnen denn Abenteuer? Ich dachte, die werden immer nur gerettet?"

„Also, ich musste noch nie gerettet werden, das mach´ ich alleine. Aber wenn es doch mal sein sollte, hab´ ich jetzt ja einen tollen Zauberer, der mir helfen kann!"

Die beiden stehen sich gegenüber und schütteln sich mit ernsthaften Gesichtern die Hände, um ihren Pakt zu beschließen. Doch der feierliche Augenblick ist schnell vorbei, denn Mascha fängt an, herumzuspringen und ruft aufgeregt: „Und wie wird unser erstes Abenteuer aussehen, Zauberer Wolkenwandler?" Linus, der sich im Kreis drehen muss, um Mascha immer sehen zu können, guckt schon wieder erstaunt: „Zauberer Wolkenwandler?"

„Na, du brauchst doch einen Namen", antwortet Mascha. Und mit einem Seitenblick auf seine dunkelblaue Hose und das grüne T-Shirt fügt sie hinzu: „Und ein Kostüm wäre auch nicht schlecht."

„Ach, lass nur", winkt Linus ab, „es geht auch ohne Kostüm. Deins reicht doch völlig aus!" Beide lachen und Mascha erkundigt sich noch einmal nach dem bevorstehenden Abenteuer.

„Mein Abenteuer muss erst einmal warten", sagt Linus bedauernd, „ich muss mich bei meinem Opa melden, sonst macht er sich

Sorgen."

Der Junge klopft sich das Gras von den Beinen und geht los. Mascha hüpft ihm hinterher.

„Oh, fein", ruft sie, „Darf ich mitkommen? Ein Besuch bei deinem Opa ist doch genauso gut wie ein Abenteuer!" Dabei grinst sie Linus schelmisch an.

Der antwortet nur zögerlich und wenig begeistert: „Hm, klar, komm mit. Übrigens, du hast ganz viel Gras in den Haaren." Mascha fasst sich nur kurz in die zerstrubbelten Haare: „Dann passt es doch. Ich bin eine Ananasprinzessin und eine Ananas ist oben doch auch grün." Dann schlägt sie ihrem Freund fest auf die

Schulter und ruft im Weglaufen: „Du bist!" Das lässt Linus sich nicht zweimal sagen. Schnell rennt auch er los, um die Ananasprinzessin zu fangen.

Völlig außer Puste und laut lachend stehen die beiden Kinder vor der Haustür, die von einem älteren Mann im bunten Rautenpullover geöffnet wird. Mascha schaut fasziniert dessen großen, weißen Schnauzbart an. Der Mann blickt fragend auf Linus, sagt aber nichts.

„Hallo Opa!" Linus zeigt auf seine Freundin: „Kennst du noch Mascha? Mit ihr spiel´ ich in den Ferien doch immer."

Noch während Mascha „Hallo, Opa Kurt", sagt, dreht sich der Mann weg und grummelt im Weggehen „Hallo, ihr zwei."

„Na, der ist ja schlecht gelaunt", fasst Mascha leise ihren Eindruck zusammen.

„Er ist immer so", antwortet Linus, „aber er ist der beste Opa der ganzen Welt!"

Die Kinder folgen Opa Kurt in die Küche, wo dieser schon zwei Schüsseln mit Eis und Schokostreuseln gefüllt hat.

„Setzt euch", sagt er immer noch schlecht gelaunt, „ihr habt bestimmt Lust auf ein Eis."

Die Kinder setzen sich schnell und sagen artig „Danke". Dann ziehen sie die Schüsseln an sich und fangen an zu löffeln.

„Mjam, das ist wirklich lecker", erklärt Mascha zwischen zwei Löffeln, „Linus, du hattest recht!"

„Womit hat der Lausebengel recht?", fragt Opa Kurt misstrauisch, während er an der alten Küchenanrichte lehnt und die beiden nicht aus den Augen lässt.

Mascha sieht ihn offenherzig an und sagt: „Er hat gesagt, dass du der beste Opa der Welt bist."

Linus' Kopf verschwindet fast in der Eisschüssel. Deshalb kann er das kurze Lächeln, das über Opa Kurts Gesicht huscht, nicht sehen. Mascha dagegen hat es gesehen. Sie nickt und grinst dem Opa zu, bevor sie sich einen weiteren Löffel Eis in den Mund schiebt. Dabei bemerkt sie nicht, dass der Opa sie kritisch mustert. Er scheint hin und her zu überlegen, entschließt sich dann aber doch zu fragen: „Was ist denn los mit dir?"

Weil seine tiefe Stimme so laut ist, schauen beide Kinder erschrocken auf. Linus wirkt erleichtert, dass die Frage nicht an ihn gestellt wird und widmet sich wieder seinem Eis. Mascha schluckt ihres schnell hinunter und fragt höflich: „Wie bitte?"

Der Opa seufzt laut und fragt noch einmal: „Was ist denn los mit dir? Warum bist du angezogen wie eine dicke Zitrone?"

Blitzschnell springt Mascha auf, stemmt die Hände in die Hüften und schaut den Opa mit gerunzelter Stirn an. „Ich bin doch keine dicke Zitrone", erklärt sie entrüstet.

„Ich bin die Ananasprinzessin!"

Wieder dreht sie sich wie zum Beweis einige Male um sich selbst. Das scheint Opa Kurt aber kein bisschen zu beeindrucken.

Er streicht sich über seinen Schnauzbart und grummelt kopfschüttelnd: „Soso, Ananasprinzessin."

Gerade, als Mascha sich wieder setzt, fällt ihm noch eine Frage ein: „Aber im Kindergarten ziehst du das gelbe Ding nicht an, oder?" Linus hat sein Eis inzwischen von sich weggeschoben und beobachtet gespannt das Gespräch.

Mascha ist jetzt ehrlich entrüstet. Mit einem lauten „Hey" springt sie erneut auf, sodass sich selbst fast Opa Kurt erschrickt.

„Ich bin doch nicht mehr im Kindergarten! Ich bin schon acht!" Mit einem Funkeln in den Augen strahlt sie Linus an und erklärt: „Letzte Woche hatte ich Geburtstag, wir haben richtig toll gefeiert, mit allem Pipapo! Schade, dass du nicht dabei warst!"

Das Mädchen sieht wieder zu dem Opa, um zu sehen, wie beeindruckt er von ihrem Alter ist. Doch Opa Kurt hat keine Zeit zu reagieren. In diesem Moment fällt mit lautem Gepolter ein Stuhl um und die beiden sehen gerade noch, wie Linus aus der Küche und die Treppe hinauf läuft. Erstaunt sieht Mascha erst dem Jungen nach und dann den Opa fragend an.

Der macht ein ganz zerknirschtes Gesicht:

„Linus hat auch in ein paar Tagen Geburtstag."

„Aber Geburtstag zu haben ist doch wunderbar?! Warum ist er dann so wütend?" Mascha kommt aus dem Staunen nicht mehr heraus.

Opa wirkt langsam etwas ungeduldig: „Er ist nun mal bei mir. Und er ist traurig, dass er nicht mit seinen Eltern und seinen Freunden feiern kann."

Jetzt sieht Mascha auch ein bisschen traurig aus. „Wo sind denn seine Eltern?", fragt sie vorsichtig. „Ach", antwortet Opa ärgerlich mit einer wegwerfenden Handbewegung, „denen ist ihre Arbeit wichtiger als Urlaub und Geburtstag feiern mit ihrem Sohn.

Deshalb muss er ja immer zu mir. Obwohl ich sehr froh bin, wenn er da ist", fügt er noch leise hinzu.

„Dann müssen wir für ihn eine Geburtstagsparty veranstalten", ruft Mascha aufgeregt, „auch mit allem Pipapo!"

„Soso, mit Pipapo..." Opa Kurt ist schon wieder grummelig. „Das wird was Schönes sein!"

„Klar ist das was Schönes", antwortet das Mädchen aus tiefster Überzeugung. „Komm, wir machen das! Du willst doch auch, dass er wieder fröhlich ist!" Sie blickt ihn auffordernd an.

„Ich überlege es mir", antwortet Opa Kurt ausweichend. „Am besten gehst du jetzt. Ich muss mal mit Linus sprechen."

„Ok, mach´ das. Und sag´ ihm schöne Grüße. Ich komme morgen wieder, dann planen wir die Party."

„Aber ich habe doch gesagt, dass ich es mir überlegen muss", sagt Opa Kurt, mehr verwundert als verärgert.

Mascha sieht ihn keck an und zupft ihr Kleid zurecht. „Gut, dann überleg´ noch, und morgen planen wir die Party." Ohne noch eine Antwort abzuwarten hüpft sie zur Haustür und ruft dabei: „Tschüss, Opa Kurt", und noch etwas lauter: „Tschühüss, Linus!" Dann ist sie verschwunden.

Opa Kurt schüttelt wild seinen Kopf, als er die Treppe hinauf zu Linus geht.

Ein bisschen muss er aber auch grinsen: „Ananasprinzessin, ts, ts,…"

Am nächsten Morgen steht Mascha strahlend vor der Haustür und trällert Opa Kurt ein fröhliches „HalliHallo" entgegen, als er die Tür öffnet.

Er erwidert ihren Gruß nicht, runzelt nur die Stirn und sagt stattdessen: „Du hast das gelbe Ding ja schon wieder an."

„Klar", antwortet das Mädchen unbekümmert, „ich bin doch die,…"

„Ja, ja, ich weiß", wird sie von Opa Kurt unterbrochen, „du bist die Ananasprinzessin."

„Ganz genau!" Mascha lacht den Opa an.

Sie freut sich, dass er sich das gemerkt hat.

Dann sehen sich die beiden einen Moment lang schweigend an. Da Opa Kurt das Mädchen nur unschlüssig anschaut und nicht herein bittet, ergreift Mascha die Initiative und schlängelt sich an ihm vorbei ins Haus. Verdutzt sieht der Opa ihr nach. Er schließt die Tür und folgt ihr in die Küche, in der das Mädchen bereits wie selbstverständlich am Tisch sitzt.

„Was machst du überhaupt hier?"

Mascha sieht ihn mit großen Augen an. Dann hat er wohl doch kein so gutes Gedächtnis, wie sie dachte. Deshalb erklärt sie es ihm ganz genau: „Ich war doch gestern mit Linus hier. Und ich hab dir gesagt, dass ich heute wieder komme, um Linus zum Spielen abzuholen. Und", fährt sie im Flüsterton fort, „um mit dir die Party zu planen." Dabei zwinkert sie ihm verschwörerisch zu. Wieder mit normaler Stimme fügt sie hinzu: „Das haben wir doch gestern so ausgemacht."

Während Mascha spricht, setzt Opa Kurt sich zu ihr an den Tisch. Er sieht sie grimmig an.

„Also, erstens musst du nicht flüstern. Linus ist nämlich schon längst zum Spielen raus gegangen. Da hast du Pech gehabt."

„Das macht nix, ich finde ihn später schon", gibt Mascha ungerührt zurück. „Dann haben wir noch ein bisschen mehr Zeit zum

Planen der Feier, und allem Pipapo."

Opa Kurt seufzt ganz laut. „Das ist der zweite Punkt", sagt er genervt, „ich habe doch nie gesagt, dass wir das machen. Und wie soll das überhaupt aussehen, mit allem Pipapo?"

„Also, ich fände es wirklich traurig, wenn Linus seinen Geburtstag nicht feiern dürfte, nur weil seine Eltern keine Zeit für ihn haben und du keine Party schmeißen willst!" Mascha ist ehrlich entrüstet und Opa Kurt sieht etwas zerknirscht aus. Er sagt auch nichts, sondern blickt das Mädchen abwartend an.

Die Ananasprinzessin spricht auch sofort aufgeregt weiter: „Und so viel Arbeit ist das gar nicht. Ich habe das meiner Mama gestern erzählt, und sie findet die Idee auch gut."

„Naja", unterbricht Opa Kurt sie, „deine Mama findet wohl auch deine Idee gut, mitten im Sommer verkleidet durch die Gegend zu laufen, also..."

„Natürlich findet sie das gut, weil es mir gefällt und hübsch aussieht", antwortet Mascha überzeugt. Ganz kurz überlegt sie, ob sie den Opa auf seine bunten Rautenpullis hinweisen soll. Aber weil so etwas einem Erwachsenen gegenüber respektlos wäre, lässt sie es und fährt stattdessen fort, von der Feier zu erzählen: „Jedenfalls backt meine Mama den

Geburtstagskuchen und noch ein paar Sachen. Ich lade alle Kinder ein und bastle die Dekoration. Du musst nur ein paar Getränke und natürlich ein Geschenk für Linus einkaufen." Mascha blickt Opa Kurt mit großem Augenaufschlag an. Der seufzt noch einmal tief und sagt dann langsam: „Gut, dagegen kann ich wohl nix sagen. Aber ich habe noch eine Frage: Wo soll die Party denn steigen?"

„Na, in deinem Garten natürlich."

Jetzt werden die Augen des alten Mannes ganz groß: „WAS? In meinem Garten? Auf gar keinen Fall! Ich lass mir doch nicht meine Blumenbeete von einer Horde Kinder zertrampeln!"

„Ach, Opa Kurt", antwortet Mascha sanft, „es kommen doch nur ein paar Kinder und keine ganze Horde. Außerdem sind wir schon groß und wissen, dass wir nur auf dem Rasen spielen und nicht auf den Blumen herum trampeln dürfen. Und Linus würde sich bestimmt soooo sehr freuen", fügt sie mit einem Lächeln hinzu.

Damit sind die meisten seiner Argumente gegen die Party zunichte gemacht. Er macht aber noch einen letzten Versuch: „Aber ich passe nicht alleine auf euch Rasselbande auf! Da müssen auch noch andere Erwachsene kommen!"

Die Ananasprinzessin springt vor Freude auf und tanzt um Opa Kurt herum:

„Juhuuuu! Jipieeeh! Dann kann die Party stattfinden! Das wird ein Spaß! Meine Eltern werden natürlich kommen und dir helfen mit der Rasselbande", fügt sie schelmisch grinsend hinzu.

„Gut", antwortet Opa Kurt ergeben, „dann machen wir es so. Wir sind dann fertig für heute, oder?" Ohne eine Antwort abzuwarten steht er auf und geht in Richtung der Haustür. Erst, als er dort angekommen ist, merkt er, dass Mascha ihm nicht gefolgt ist. Sie ist vor einem großen Foto im Flur stehen geblieben und betrachtet es interessiert. Opa Kurt kommt zu ihr zurück.

„Das sieht schön aus", sagt Mascha,

nachdem die beiden das Foto eine Zeit lang betrachtet haben.

„Ja, das ist es", antwortet Opa Kurt ruhig.

„Wer sind denn die ganzen Leute, die mit dir und Linus in dem Heißluftballon sind?", möchte Mascha wissen.

Der alte Mann seufzt und erklärt: „Das sind die Eltern von Linus und seine Großmutter."

„Oh, das hat bestimmt Spaß gemacht?! Habt ihr das oft gemacht?"

„Wir haben jedes Jahr eine Fahrt mit dem Heißluftballon gemacht, das war immer die schönste Zeit des Jahres."

„Macht ihr das denn jetzt nicht mehr?", fragt Mascha neugierig.

Sie bekommt von Opa Kurt nur ein kurzes und heftiges „Nein" als Antwort. Verwundert sieht sie ihn an. „Warum nicht?"

Jetzt dreht Opa Kurt sich abrupt weg und geht in die Küche. Mascha blickt ihm verdattert nach. Ohne sich noch einmal umzudrehen sagt der alte Mann mit strenger Stimme: „Wolltest du nicht Linus suchen, um mit ihm zu spielen?"

Mascha geht langsam zur Haustür.

Sie versteht nicht, was sie falsch gemacht hat, wohl aber, dass sie Opa Kurt jetzt besser nicht danach fragt. Deshalb ruft sie nur zaghaft „Tschüss, Opa Kurt" in den Hausflur, bevor sie die Haustür hinter sich schließt und auf die Straße hüpft.

Die Ananasprinzessin findet Linus am Spielplatz, auf dem jede Menge Kinder zusammen spielen. Linus sitzt einige Meter entfernt und schaut dem bunten Treiben zu. „Hallo, Zauberer Wolkenwandler", sagt sie, während sie sich neben ihn setzt. Linus zuckt erschrocken zusammen. Als er erkennt, wer ihn begrüßt hat, strahlt er. „Hallo, Ananasprinzessin!" „Warum sitzt du so alleine hier", will das Mädchen wissen. Linus antwortet leise: „Ich habe mich nicht getraut, zu den anderen zu gehen. Vielleicht möchten die gar nicht mit mir spielen."

„Ach, quatsch!" Mascha macht eine wegwerfende Handbewegung. „Die freuen sich, wenn du mitspielst." Linus schaut das Mädchen zweifelnd an.

Mascha setzt sich mit geradem Rücken hin und sieht ihrem Freund fest in die Augen. „Ich beweise es dir gleich. Wir gehen rüber und du wirst sehen, dass alle mit dir spielen wollen."

Linus seufzt. Er hat schon gemerkt, dass er gegen Mascha nichts ausrichten kann. Sie bleibt aber noch sitzen und hält ihn am Arm fest, als er aufstehen möchte. „Erst muss ich dich aber noch was fragen." „Ok, schieß´ los", antwortet Linus abwartend.

„Ich habe eben bei deinem Opa das Foto gesehen, auf dem ihr alle mit einem Heißluftballon fahrt.", beginnt das

Mädchen unsicher. Auch Linus schaut verunsichert. Da er nichts sagt, fährt Mascha fort: „Dein Opa hat gesagt, dass ihr das früher jedes Jahr gemacht hat und es immer die schönste Zeit des Jahres war. Warum fahrt ihr denn jetzt nicht mehr mit dem Heißluftballon?"

Linus schaut auf den Boden und wirkt ganz traurig, als er antwortet: „Meine Oma hat es geliebt mit dem Heißluftballon zu fahren und wir hatten immer jede Menge Spaß dabei. Schon als mein Papa ganz klein war, haben die drei das jeden Sommer gemacht. Es war immer wunderschön, wir hatten jede Menge Spaß und so viel gelacht. Aber meine Oma ist seit zwei Jahren im Himmel und mein Opa ist so traurig, dass er diese Ausflüge nicht mehr machen möchte. Deshalb haben er und mein Papa auch Streit. Sie sehen sich nur noch, wenn meine Eltern mich zu meinem Opa bringen und mich von dort abholen."

Während Linus gesprochen hat, sind ihm immer wieder Tränen die Wange herunter gerollt.

Mascha tut das furchtbar leid, aber sie weiß nicht, was sie sagen soll. Deshalb umarmt sie Linus einfach fest. Der Junge erwidert die Umarmung und weint ein bisschen. Nach einer Weile löst er sich aus der Umarmung, sagt leise „Danke" und wischt sich die Tränen weg. Dann steht er auf und sagt mit fester Stimme: „Und jetzt lass uns spielen gehen."

Mascha springt lachend auf und nimmt ihren Freund an der Hand. Schon laufen die beiden los, geradewegs auf die spielenden Kinder zu.

Die Kinder hören sofort auf zu spielen, als sie Mascha und Linus auf sich zulaufen sehen.

„Hallo, Ananasprinzessin", rufen alle, sobald sie das Mädchen erkennen und laufen den beiden entgegen. Linus wird unsicher, als er die vielen fremden Kinder auf sich zukommen sieht und bleibt stehen. Mascha dagegen begrüßt ihre Freunde mit lautem „Hallo!"

Ein großer Junge mit dunklen Haaren ruft: „Zum Glück bist du da! Wir werden von einem Drachen angegriffen und brauchen dringend die Hilfe der Ananasprinzessin!"

Die anderen Kinder nicken aufgeregt.

„Oh, toll! Drachen bekämpfen ist jetzt genau das Richtige!" Dann dreht sie sich um und zeigt auf Linus, der immer noch einige Meter von den Kindern entfernt steht.

„Das ist Linus, oder besser gesagt `Zauberer Wolkenwandler`. Er kann seine Kraft dazu nutzen, die Wolken so zu verändern, dass der Drache komplett verwirrt ist und wir ihn besiegen können."

Linus schaut Mascha erstaunt an. Das Mädchen hat echt komische Einfälle.

Aber alle anderen Kinder jubeln begeistert.

„Das ist super, ein Zauberer hat uns bei den ganzen Rittern noch gefehlt!", ruft der große Junge, der wohl so etwas wie der Anführer der Bande ist. Schnell zieht er seine Jacke aus und hängt sie Linus über die Schulter.

Er grinst den überraschten Jungen an und sagt: „Ein richtiger Zauberer braucht doch einen Umhang."

Dann dreht er sich zu den anderen Kindern um, wirft die Arme hoch und ruft: „Los geht's, lasst uns den bösen Drachen bekämpfen!"

Das lassen sich die Kinder nicht zweimal sagen. Wild schreiend laufen alle zurück zum Spielplatz um den Kampf gegen den Drachen gemeinsam aufzunehmen.

Zunächst steht Linus noch etwas abseits und beobachtet die Kinder in ihrem Spiel. Doch nach wenigen Minuten taucht auch er komplett in das Spiel ab. Der Turm mit der Rutsche verwandelt sich in eine riesige Burg, auf der einige der Kinder stehen und versuchen, den Drachen mit Pfeil und Bogen abzuschießen. Die anderen Kinder stürmen gemeinsam mit der Ananasprinzessin über das Feld, überwinden Klippen und Baumstämme, um den Drachen zu jagen. Bald scheint es, als hätten sie den Drachen besiegt, denn er wird langsamer und fliegt nur noch kurze

Runden über die Kinder hinweg. Diese haben sich gerade am Versammlungsplatz neben dem Treibsand getroffen, um zu besprechen, wie sie weiter vorgehen sollen, als der Drache im Sinkflug auf sie zugeschossen kommt. Der Junge auf dem Aussichtsturm hat gerade noch Zeit, laut „Achtung!!!" zu rufen, bevor der Drache die Kinder erreicht. Die meisten Kinder, so auch Zauberer Wolkenwandler und die Ananasprinzessin, legen sich schnell auf den Boden, damit der Drache sie nicht fassen kann. Das Untier fliegt nur einige Zentimeter über sie hinweg und sein Fauchen ist so laut, dass die aufgeregten Schreie der Kinder gar nicht gehört werden.

Genauso plötzlich, wie er gekommen ist, ist der Angriff auch schon wieder vorbei. Zauberer Wolkenwandler sieht, wie der Drache sich nach einer kurzen Runde hoch in der Luft auf einem Berg niederlässt.

Nun können alle wieder aufatmen. Sie klopfen sich den Staub von den Kleidern und freuen sich, dass niemand verletzt ist. Doch zu früh gefreut. Mit Schrecken entdeckt die Ananasprinzessin eins der Kinder im Treibsand stecken. Es ist schon bis zum Bauch eingesunken und sieht seine Freunde flehend an. Sofort bilden alle eine Kette und halten sich gegenseitig gut fest.

Zauberer Wolkenwandler und die Ananasprinzessin legen schnell Bretter auf den Treibsand, um gleich nicht so schnell einzusinken. Sie haken sich fest an dem ersten Kind der Kette ein, bevor sie auf die Bretter steigen. Das Kind steckt nun schon fast bis zum Hals im Treibsand. Er streckt den beiden verzweifelt seine Arme entgegen. Seine Retter greifen beherzt seine Hände und ziehen. Sofort folgen alle ihrem Beispiel und helfen mit. Inzwischen sind auch die Kinder, die den Drachen aus der Burg heraus beschossen haben, zu Hilfe geeilt. Zu Anfang ziehen alle durcheinander. Durch das Geruckel drohen auch die beiden Retter auf den Brettern in den Treibsand abzurutschen.

Doch dann hat der Anführer eine gute Idee:

In regelmäßigen Abständen ruft er laut „LOS". Dadurch ziehen alle gleichzeitig und das Kind kommt immer weiter aus dem Treibsand heraus. Mit einem allerletzten kräftigen Ruck ist es schließlich befreit. Alle purzeln sehr erleichtert und völlig außer Atem durcheinander. Dort bleiben erst einmal alle liegen, um sich von den Strapazen zu erholen.

Sie haben sich noch nicht ganz von der Aufregung erholt, da hören sie einen markerschütternden Hilfeschrei. Sofort springen alle erschrocken auf und sehen sich verwirrt um. Wer hat da geschrien?

Von wo kam der Schrei?

Alle Kinder sind beim Treibsand, von ihnen

kann es doch eigentlich niemand gewesen sein?!

Plötzlich entfährt der Ananasprinzessin ein Schrei.

Aufgeregt springt sie auf und ab und zeigt immer wieder zur Burg. Alle folgen mit den Blicken ihrem Finger, aber niemand sieht, weshalb sie so aufgeregt ist.

Schließlich hat sie sich ein wenig beruhigt und teilt den anderen ihre Beobachtung mit: „Der Aussichtsturm ist leer! Wo ist der Späher???" Besorgt sehen sich alle um, ob der Junge, der die anderen vor dem Drachen warnen sollte, bei ihnen ist. Doch ihnen ist schon allen klar, dass er seinen wichtigen Posten niemals verlassen würde.

Schon wieder ertönt ein lauter Hilfeschrei. Und dieses Mal hören alle, aus welcher Richtung er kommt.

Der Drache sitzt immer noch auf dem Berg. Er hält den Jungen vom Aussichtsturm unter seinem Flügel gefangen. Fast scheint es, als würde er die Kinder auslachen.

„Was sollen wir jetzt tun?"; fragt die Ananasprinzessin.

Zu seiner Überraschung stellt Linus fest, dass alle ihn anschauen. Er sieht nur verlegen unter sich und scharrt mit den Füßen.

Nun spricht ihn der Anführer direkt an: „Ja, Wolkenwandler, was sollen wir tun? Hast du einen Plan?"

Linus wird ganz rot und sagt nichts. Noch nie wollte jemand von ihm einen Plan wissen.

Doch als sich die ersten Kinder bereits umdrehen und gehen wollen, räuspert er sich und sagt leise: „Vielleicht habe ich einen Plan, ich weiß allerdings nicht, ob er gut ist."

Er blickt verunsichert in die Runde. Alle blicken ihn erwartungsvoll an.

Die Ananasprinzessin stellt sich nah hinter ihn und flüstert: „Trau dich, das ist bestimmt ein guter Plan!"

Also räuspert sich der Zauberer noch einmal und erzählt den anderen von seiner Idee. Sofort sind alle davon begeistert, was

Linus sehr stolz macht. Nachdem sie die Einzelheiten geklärt haben, stürmen sie los, um den Plan in die Tat umzusetzen.

Nur die Ananasprinzessin und Linus bleiben zurück. „Mensch, Wolkenwandler", sagt sie und klopft dem Jungen anerkennend auf die Schulter, „das ist wirklich ein super Plan! So werden wir den Jungen mit Sicherheit retten können!"

Linus wird ganz rot, so stolz ist er. Aber er muss sich schnell wieder konzentrieren, denn schon gibt der Anführer das Zeichen. Alle sind auf ihren Plätzen und die Rettungsaktion kann starten.

Während sich die Ananasprinzessin gut sichtbar auf den Platz stellt, legt sich

Zauberer Wolkenwandler geschützt unter einen Baum und starrt angestrengt in den Himmel.

Schon nach kurzer Zeit verdunkelt sich der Himmel über den Drachenberg und ein tiefes Grollen ist zu hören. Der Plan des Zauberers scheint tatsächlich zu funktionieren. Das Donnern wird immer lauter und plötzlich schießt ein Blitz aus der dunkelsten Wolke hervor und schlägt im nächsten Augenblick in der Schwanzspitze des Drachens ein. Von dem Drachen ist ein lautes Fauchen zu hören und er fliegt sofort los, um seinen Schwanz im See zu kühlen.

Zauberer Wolkenwandler ist inzwischen aufgestanden, blickt aber immer noch wie hypnotisiert in den Himmel. Das Grollen und Blitzen hat mittlerweile aufgehört, dafür regnet es wie aus Eimern. Es gießt so sehr, dass man kaum noch etwas sehen kann. Nur die Ananasprinzessin in ihrem quietschgelben Kleid ist gut sichtbar. Genauso, wie der Zauberer Wolkenwandler es geplant hat!

In der Zwischenzeit hat sich ein Teil der Kinder bis zum Gipfel heran gepirscht, um den Ausgucker zu befreien. Sie haben es fast geschafft, als der Drache zurück kommt. Wütende Schreie kommen aus seinem Maul, während er zum Gipfel fliegt. Hektisch verstecken sich die Kinder auf dem Berg hinter Büschen und Bäumen. Es scheint so, als würde der Drache nun alle gefangen nehmen können. Doch dann gibt Zauberer Wolkenwandler, der immer noch angestrengt die Wolken kontrolliert, der Ananasprinzessin ein Zeichen. Sofort beginnt sie damit, wie wild herum zu springen und laut zu schreien. Der Drache hält in seinem Flug inne und blickt irritiert in die Richtung, aus der er die Schreie hört. Durch den dichten Regen ist aber nicht erkennbar, was da genau vor sich geht. Der Drache dreht vom Berg ab und fliegt zum Platz hinunter. Darauf haben alle gewartet. Während die Kinder am Berg den Ausgucker befreien und ihn in Sicherheit bringen, beschießen die Kinder, die sich auf der Burg postiert haben, den Drachen mit ihren Pfeilen. Der Drache wird dadurch immer wütender und fliegt immer tiefere Kreise. Die Ananasprinzessin versucht die ganze Zeit durch Schreie und Hüpfen, den Drachen in ihre Richtung zu lenken. Als er am gewünschten Punkt angekommen ist, schreit sie so laut sie kann „JEEEETZT".

Im gleichen Moment schießt aus den Wolken ein riesiger Blitz aus den Wolken genau zwischen die Augen des Drachen. Das Untier fällt getroffen vom Himmel herunter – genau in den Treibsand, in dem er schnell versinkt.

Nun stürmen alle Kinder jubelnd zum Treibsand. Sie feiern ihren Sieg über den

Drachen und lassen die Ananasprinzessin und vor allem Zauberer Wolkenwandler hochleben.

Nachdem der erste Siegestaumel vorüber ist, bemerkt eins der Kinder: „Mensch, es regnet ja wirklich." Tatsächlich, alle sind pitschnass und niemand hat es gemerkt, so sehr waren alle ins Spiel vertieft.

Schnell verabschieden sich alle und laufen nach Hause. Natürlich nicht, ohne sich für morgen für ein neues Abenteuer zu verabreden.

Linus und Mascha kommen noch völlig aufgekratzt bei Opa Kurt an. Als er die Haustür öffnet, wollen sie sofort an ihm

vorbei ins Haus laufen. Aber er hält beide an den Schultern fest: „Nicht so schnell, ihr beiden Halunken", sagt er. „So kommt ihr zwei nicht ins Haus. Ich lasse mir von euch doch nicht meine guten Möbel verdrecken."
Also ziehen sich die beiden schnell die trockenen Sachen an, die Opa Kurt ihnen bringt. Dann setzen sie sich in der Küche an den Tisch, auf dem schon zwei Tassen mit warmen Kakao auf sie warten.

Linus strahlt den alten Mann an: „Danke, Opa!"

„Gern geschehen", antwortet dieser, „ich dachte, dass ihr nach der Regendusche bestimmt was zum Aufwärmen gebrauchen könnt."

Auch Mascha strahlt mit ihrem Kakaoschnurrbart über das ganze Gesicht: „Opa Kurt, vielen Dank! Das ist jetzt genau das Richtige!" Dann fährt sie mit ernsthaftem Gesicht fort: „Wir haben heute nämlich ein großes Abenteuer erlebt. Und dein Linus ist ein echter Held!"

Opa Kurt setzt sich zu den Kindern an den Küchentisch und antwortet: „Na, das weiß ich doch schon immer, dass Linus ein Held ist!"

Linus schaut nur verlegen unter sich, kann ein breites Lächeln aber nicht verhindern.

„Erzählt ihr mir von eurem Abenteuer?", bittet Opa Kurt.

Das lassen sich die beiden nicht zweimal

sagen. Völlig aufgeregt und oft gleichzeitig berichten sie ganz ausführlich von ihrem Kampf mit dem Drachen. Opa Kurt muss einige Male nachfragen, damit er alles verstehen kann.

Nachdem die Kinder alles ganz genau erzählt haben, blicken Mascha und Linus ihren Zuhörer abwartend an. Der lehnt sich in seinem Stuhl zurück und zwirbelt an seinem Bart herum. Die beiden können die Spannung kaum aushalten. Was wird er wohl zu dem Drachen-Kampf sagen?

Schließlich beugt sich der alte Mann ganz langsam nach vorne und sagt: „Das ist wirklich die beste Abenteuergeschichte, von der ich je gehört habe!"

„Du hättest Linus sehen sollen, wie er die Wolken verwandelt und uns alle gerettet hat!", ruft Mascha aufgeregt.

Linus kann sich das stolze Lächeln kaum verkneifen, widerspricht aber trotzdem mit einer handwerfenden Handbewegung: „Ach was, das war doch nichts."

„Hör mal, junger Mann", entgegnet Opa Kurt, „so wie sich das anhört, warst du heute sehr wohl ein Held. Und wenn das so ist, darfst du ruhig genauso stolz auf dich sein, wie die Ananasprinzessin und ich es sind!" Dabei zwinkert er Mascha kurz zu.

Sie strahlt weiterhin und nickt heftig. Auch Linus lacht nun bis über beide Ohren, sagt aber nichts.

„Eine Frage habe ich aber noch", ergreift Opa Kurt noch einmal das Wort. „Wie kommt es denn, dass du ein Wolkenwandler bist, Linus?"

Der Junge zuckt mit den Schultern. „Ich weiß es nicht", antwortet er, „ich mag es einfach, sie anzusehen und zuzuschauen, wie sie sich verwandeln."

„Das wusste ich ja noch gar nicht", antwortet Opa Kurt verdutzt.

„Du weißt ja auch nicht alles von mir", gibt Linus mit einem schelmischen Grinsen zurück.

Opa Kurt nickt lächelnd: „Das stimmt wohl." Dann steht er auf und fährt fort: „Jetzt trinkt euren Kakao leer und dann muss Mascha nach Hause, es ist schon fast Abendbrotzeit."

Mascha trinkt schnell leer, verabschiedet sich und ist schon fast zur Tür hinaus, als ihr noch etwas einfällt: „Du kommst doch morgen mit zum nächsten großen Abenteuer, oder Linus?"

Fragend sieht der Junge seinen Opa an. Der nickt lächelnd.

„Ja, natürlich", ruft Linus froh, „ ich bin schon gespannt, was wir morgen erleben!"

Mascha ruft: „Super, das ist toll! Tschüss, ihr beiden, bis morgen!"

Dann schließt sie die Tür und läuft schnell nach Hause, während Opa Kurt sich beim Abendessen noch einmal ganz genau das heutige Abenteuer von Linus erzählen lässt.

Am nächsten Morgen sitzen Opa Kurt und Mascha flüsternd am Küchentisch, als Linus nach dem Klingeln an der Tür nach unten kommt. Sobald er den Raum betreten hat, sehen die beiden ihn stumm an.

„Was ist los?", fragt der Junge verwirrt.

„Gar nix", antwortet der Opa grummelig, während er aufsteht. „Wollt ihr nicht los zu neuen Abenteuern?"

Mascha springt auf. „Ja, los, Linus, sonst verpassen wir noch was!"

Sie zwinkert Opa Kurt noch einmal zu und zieht den verdutzten Jungen zur Haustür. Er hat gerade noch genug Zeit, um „Tschüß,

Opa!" zu rufen. Draußen versucht er noch einmal herauszufinden, was die beiden besprochen haben.

Aber Mascha antwortet nur: „Nix. Ich hab halt ein bisschen mit deinem Opa gequatscht."

„Mein Opa quatscht doch nicht", antwortet der Junge irritiert.

„Eben hat er es aber gemacht", antwortet Mascha ungerührt. „Und jetzt los, die anderen sind bestimmt schon alle da."

Das lässt sich Linus nicht zweimal sagen, schnell läuft er hinter seiner Freundin her.

Heute kommt das Spiel nicht richtig in Gang. Linus hat sich einigen Kindern angeschlossen, die eine Sandburg bauen, andere schaukeln und rutschen, aber alles wirkt mehr oder weniger lustlos und gelangweilt. Eine weitere Gruppe Kinder sitzt im Gras und schaut den anderen zu. Gerade, als sie sich dazu entschlossen haben, nach Hause zu gehen, weil bestimmt nichts Spannendes mehr passieren wird, kommt Mascha aufgeregt winkend hinter einem Hügel hervor.

Ganz außer Atem bleibt sie in der Mitte des Platzes stehen.

Die anderen Kinder warten gespannt, bis Mascha zu sprechen beginnt: „Ihr müsst unbedingt mitkommen! Ich habe etwas entdeckt, was ich noch nie gesehen habe!"

Spricht's und läuft wieder hinter den Hügel. Die restlichen Kinder laufen ihr natürlich sofort hinterher, endlich passiert etwas!

Mascha ist vor einem kleinen Erdhaufen stehen geblieben und schaut fasziniert darauf. Ihre Freunde sind weniger fasziniert, sondern eher verwundert. Sie haben keine Ahnung, was genau das Mädchen gefunden hat. Ungläubig schauen sie sich an. So richtig traut sich aber niemand Mascha zu fragen, die sich mittlerweile begeistert vor das Erdhäufchen gekniet hat. Deshalb wird Linus nach und nach nach vorne geschubst, bis er mit seinen Fußspitzen gegen das Mädchen stößt.

„Ahm,…, Mascha...", stottert Linus

verlegen, „Was genau hast du denn da gefunden?"

Entgeistert schaut sie ihn an: „Sagt nur, ihr seht das nicht???"

Jetzt sehen alle verlegen auf ihre eigenen Schuhspitzen. Linus setzt sich derweil neben seine Freundin und begutachtet den Erdhaufen ganz genau.

„Hm, hast du vielleicht die Kartoffel gefunden?", fragt er schüchtern.

„Ja, ganz genau", antwortet Mascha heftig nickend. Die Kinder sehen sich fragend an, einige verdrehen etwas genervt die Augen.

„Aber Mascha"; wagt Linus zu sagen, „eine Kartoffel finde ich jetzt nicht besonders spannend. Mein Opa hat in seinem Keller einen ganzen Raum voller Kartoffeln und wir essen sie fast jeden Tag."

Mit großen Augen blickt Mascha ihre Freunde der Reihe nach an. „Das ist doch keine gewöhnliche Kartoffel! Ich glaube, ihr habt sie erschreckt! Seid mal ein bisschen leise und wartet ab!"

Obwohl alle skeptisch sind, knien sie sich hin und starren ohne ein Wort zu sagen auf die Kartoffel. Als die ersten schon wieder unruhig werden, weil einfach gar nichts passiert, sehen die Kinder etwas Unglaubliches.

„Aus der Kartoffel wächst ja eine Blume", flüstert Linus erstaunt.

„Warte ab, das ist noch nicht alles", erwidert

Mascha und alle starren wieder still auf die merkwürdige Kartoffel. Sie sehen dabei zu, wie ein grüner Stengel aus der Knolle wächst, sich Blätter entfalten und schließlich eine wunderschöne orangefarbene Blüte in voller Pracht erscheint. Keiner wagt es etwas zu sagen und einige Kinder vergessen sogar kurz zu atmen. Als dann etwas wirklich Magisches geschieht, japsen sie aufgeregt. Allen stehen die Münder weit offen, denn so etwas haben sie wirklich noch nie gesehen!

Denn in dem Moment, in dem die Blüte komplett entfaltet ist, öffnet die Kartoffel tatsächlich Augen. Kurz darauf erscheinen auch Ohren, Nase, ein Mund sowie dünne

Arme und Beine.

Das Kartoffelmännchen sitzt ganz still da, nur die Augen bewegen sich flink zwischen den Kindern hin und her.

Noch immer sagt niemand ein Wort, alle starren das kleine Wesen an.

Schließlich fasst Linus all seinen Mut zusammen. Er kniet sich vor das Männchen, lächelt es freundlich an und sagt zaghaft: „Hallo."

Da fließen aus den großen Kulleraugen plötzlich dicke Tränen und es beginnt bitterlich zu schluchzen.

„Oh nein", sagt Linus und rutscht vorsichtig etwas näher heran. „Du musst doch nicht weinen. Wir tun dir nichts!"

Das Kartoffelmännchen wischt sich die Tränen aus den Augen und blickt erst Linus und dann die übrigen Kinder fast trotzig an. Mit erstaunlich tiefer Stimme sagt es: „Ich weine doch nicht wegen euch! Ich habe Trudi, meine Freuschnecke, verloren." Und schon bedeckt es sein Gesicht wieder mit den Händen und schluchzt herzergreifend.

Die Kinder beginnen aufgeregt miteinander zu tuscheln: `Es kann sprechen?`, `Was ist das?`, `Wo kommt es her?`, `Was ist eine Freuschnecke?`, …

Linus und Mascha schauen sich nur fragend an. Schließlich gibt das Mädchen seinem Freund mit einem Kopfnicken zu verstehen, dass er das Männchen noch einmal ansprechen soll. Dann räuspert sie sich laut, damit die anderen Kinder auch zuhören.

Linus sieht sich etwas unsicher zu seinen Freunden um, doch als kein anderer etwas unternimmt, seufzt er kurz und sagt erneut: „Hallo." Das Männchen schluchzt weiter.

„Ich bin Linus, und das sind meine Freunde." Der Junge freut sich, als er sieht, das alle zustimmend nicken. Das gibt ihm den Mut, weiter zu sprechen: „Wenn du möchtest, können wir dir helfen, deine Freuschnecke wieder zu finden."

Abwartend blicken die Kinder das Männchen an. Das Schluchzen wird langsam weniger und hört schließlich ganz auf. Es wischt sich noch die letzte Träne weg und schaut Linus hoffnungsvoll an: „Das wäre wirklich furchtbar nett von euch!"

Freudig sehen sich alle an.

Nun ergreift Mascha das Wort: „Wir helfen dir wirklich gern! Aber dafür musst du uns noch einiges erzählen: Wer bist du? Wo kommst du her? Und was ist eine Freuschnecke?"

Erstaunt reißt das Kartoffelmännchen die Augen auf: „Was, das wisst ihr alles nicht?"

Die Kinder murmeln verständnislos, während das Männchen aufsteht und seufzt: „Okay, dann erzähle ich es euch. Ich bin Rufus, ein Bewohner aus Lumbia. Ich wollte mit Trudi, meiner besten Freundin, einen Ausflug machen. Leider sind wir vom Weg abgekommen und zu euch gerutscht. Und weil Trudi wie alle Freuschnecken sehr abenteuerlustig ist, zog sie sofort lachend los, um die Gegend zu erkunden."

Zufrieden mit seinen Erklärungen setzt sich das Männchen hin. Die Kinder allerdings sind überhaupt nicht schlauer. Ganz im Gegenteil, sie haben noch viel mehr Fragen als vorher, die sie nun alle durcheinander stellen. Das Männchen verzieht nur das Gesicht und verschränkt seine Ärmchen. Linus hält schließlich seinen Zeigefinger an den Mund, woraufhin seine Freunde verstummen.

„Entschuldige, bitte", sagt er an das Männchen gerichtet, „aber ich fürchte, du musst uns das ein bisschen genauer erklären."

„Gut", seufzt das Kartoffelmännchen erneut, „dann fange ich noch einmal von vorne an."

Gespannt setzen sich die Kinder im Halbkreis um das Männchen herum.

„Also, wie schon gesagt, ich heiße Rufus. Ich bin 128 Jahre alt."

Als er die erstaunten Blicke seiner Zuhörer sieht, beeilt er sich zu sagen: „Ich weiß, das ist nicht besonders alt, aber ich bin schon ein sehr erfahrener Erkunder der Länder." Wieder blickt er nur in fragende Gesichter. Also fährt er mit seinen Erklärungen fort: „Bei uns in Lumbia, was nebenbei bemerkt das schönste aller Länder ist, werden nur die mutigsten und abenteuerlustigsten Bewohner dazu auserkoren, die Flutsch-Länder zu erkunden. Und ich bin einer von ihnen", fügt er stolz hinzu und richtet sich dabei ein wenig auf.

„Entschuldigung", wagt Mascha zu fragen, „was sind denn `Flutsch-Länder`?"

Jetzt ist es für Rufus an der Zeit, erstaunt zu gucken. „Ich bin etwas verwirrt, dass ihr das nicht wisst, denn euer Land ist ein sehr beliebtes Flutsch-Land. Okay, ich erkläre es euch. In jedem Land gibt es bestimmte Stellen, durch die man in andere, phantastische Länder flutschen kann. Wir in

Lumbia gehören zu den besten Flutschern, die es gibt. Heute bin ich mit Trudi allerdings zufällig geflutscht. Und bevor ich feststellen konnte, wo wir sind, war sie schon weg. Sie freut sich immer, neue Welten zu entdecken und wird dann übermütig. Ich muss sie unbedingt finden! Alleine verläuft sie sich und wir können das Flutsch-Loch nur gemeinsam benutzen. Wir müssen in spätestens fünf Stunden zurück, sonst schließt sich das Flutsch-Loch und wir müssen für immer hier bleiben."

Bei den letzten Worten sackt das Männchen in sich zusammen und beginnt wieder bitterlich zu weinen. Die Kinder tuscheln miteinander.

Dann richtet Mascha das Wort erneut an das Kartoffelmännchen: „Rufus, du musst doch nicht weinen! Wir helfen dir doch, Trudi wieder zu finden! Und dann könnt ihr beide zusammen nach Hause flutschen!"

Schon erscheint ein Lächeln auf Rufus' Gesicht und er springt auf: „Vielen, vielen Dank! Dann lasst uns los laufen!"

„Moment, nicht so schnell", wirft Linus ein. „Zuerst musst du uns noch erzählen, wie Trudi aussieht. Sonst wissen wir gar nicht, wonach wir suchen sollen."

„Ihr habt keine Ahnung, was eine Freuschnecke ist??? Ihr lebt wirklich in einem merkwürdigem Land!" Rufus schüttelt enttäuscht den Kopf. „Also gut,

Trudi ist, wie schon gesagt, eine Freuschnecke. Was eine Schnecke ist, wisst ihr aber schon, oder?!" Die Kinder nicken heftig, sie sind froh, etwas zu kennen, von dem Rufus spricht.

Ermutigt fährt dieser fort: „Auch wenn sie so ähnlich aussieht, wie eure Schnecken, ist Trudi doch etwas anders. Sie ist ein wenig größer als ich, ihr Körper ist gelb und den Schleim, den sie beim Gleiten hinterlässt, glitzert blau. Und das Schönste ist, ihr Haus schimmert wie ein Regenbogen."

„Oh, das klingt wunderschön", wirft Mascha verträumt ein.

„Das ist sie auch", bestätigt Rufus. „Ach ja, und weil sie eine Freuschnecke ist, lacht sie natürlich sehr viel und laut. Sie ist immer gut zu hören."

Mit diesen abschließenden Worten stehen alle auf. Um Trudi schneller finden zu können, teilen sie sich in Gruppen auf, wobei Mascha und Linus Rufus begleiten. Die Kinder stürmen in verschiedenen Richtungen davon und rufen laut nach Trudi.

Während Linus und seine Freundin auch Trudis Namen rufen, konzentriert Rufus sich darauf, nach der blauen Schleimspur Ausschau zu halten. Als er einmal kurz nach oben blickt, bleibt er erschrocken stehen.

„Oh nein, oh nein, oh nein", jammert er plötzlich.

Die beiden Kinder kommen zu ihm zurück gelaufen und fragen besorgt, was los ist.

„Seht doch genau hin", antwortet das Kartoffelmännchen panisch und zeigt mit seinen dünnen Ärmchen in den Himmel. Von weitem erkennen die Kinder dunkle Wolken, die langsam näher kommen.

„Es sieht nach Regen aus", sagt Mascha achselzuckend, „aber das macht uns nix. Wir suchen Trudi trotzdem."

„Ach, ihr versteht das nicht", antwortet Rufus weinerlich. „Sobald es regnet wird sowohl Trudis Schleimspur als auch die Regenbogenfarbe von ihrem Schneckenhaus gewaschen. Und dann hat sie verständlicherweise auch keinen Grund mehr zu lachen. Wir werden sie also auf gar keinen Fall finden können."

Die letzten Worte hat Rufus fast geflüstert. Jetzt sitzt er still mit dem Kopf zwischen seinen Händen vergraben auf der Straße. Linus sieht ihn ratlos an, doch Mascha klatscht lachend in die Hände.

„Mensch, Rufus", ruft sie, „heute ist wirklich dein Glückstag!"

Während Linus dem Mädchen fragende Blicke zuwirft, reagiert das Kartoffelmännchen ärgerlich: „Willst du mich veräppeln?! Oder hast du nicht verstanden, was ich gesagt habe? Was bitte ist daran `Glück`, wenn ich meine beste Freundin nie mehr wieder sehe?"

Mascha lässt sich von Rufus' Ärger nicht beeindrucken, sondern antwortet ruhig: „Du hast deshalb Glück, weil Linus ein Wolkenwandler ist, ein ganz hervorragender sogar! Er wird die Wolken zurückhalten, bis wir Trudi gefunden haben."

Auf Rufus' Gesicht breitet sich sofort ein Lächeln aus. Linus dagegen wirkt nicht sehr zuversichtlich.

„Ähm, ich weiß nicht, ob ich das schaffe. Mit so großen Wolken habe ich es noch nie ausprobiert."

Mascha macht eine wegwerfende Handbewegung. „Ach quatsch, natürlich schaffst du das! Du bist der Zauberer Wolkenwandler!"

Linus scheint immer noch nicht überzeugt zu sein, aber als er Rufus' flehenden Blick sieht, lenkt er ein: „Ich versuche es. Aber wir müssen uns wirklich beeilen! Ich weiß nicht, wie lange ich die Wolken aufhalten kann."

Rufus springt auf: „Gut, dann los!"

Mascha gibt den anderen Kindern über Walkie Talkie Bescheid, was sie besprochen haben und dass sie sich beeilen sollen.

Rufus sieht Linus in der Zwischenzeit interessiert dabei zu, wie der Junge konzentriert auf die Wolken starrt.

Das Mädchen klatscht erneut in die Hände: „Los, wir dürfen keine Zeit verlieren."

Dann nimmt sie Linus an die Hand, damit er nicht über etwas stolpert, während er die

Wolken im Zaum hält. Es scheint wirklich so, als würden sich die Wolken langsamer bewegen. Rufus und die Kinder suchen fieberhaft weiter und überall im Ort hört man die Rufe nach Trudi, der Freuschnecke. Nach einiger Zeit meldet sich Linus wieder zu Wort: „Freunde, wir müssen uns wirklich beeilen! Ich kann die Wolken nicht mehr lange aufhalten!"

Tatsächlich sehen die beiden anderen nun auch, dass die Wolken bedrohlich näher kommen. Deshalb werden sie noch etwas schneller und rufen den Namen von Rufus' Freundin noch etwas lauter. Doch Trudi ist weit und breit nicht in Sicht.

Als die Wolken fast schon über den Kindern

angekommen sind, bleibt Rufus plötzlich stehen.

„Was ist los? Warum gehst du nicht weiter?", fragt Mascha verdutzt. Rufus winkt heftig mit seinen Ärmchen. „Psst", zischt er, „seid mal leise."

Also bleiben die beiden Kinder stehen und sehen das Kartoffelmännchen fragend an. Auf dessen Gesicht erscheint ein strahlendes Lächeln.

„Hört ihr das nicht?" Linus und Mascha schütteln ihre Köpfe. „Ich höre ihr Lachen, wir haben sie endlich gefunden! Kommt mit!"

Schnell laufen die drei in die Richtung, aus der Rufus Trudis Gelächter hört. Nach ein paar Metern verschwindet Rufus hinter einer Hecke.

Die Kinder folgen ihm und bleiben dann plötzlich stehen: Trudi ist wirklich die wunderschönste Schnecke, die sie je gesehen haben! Ihre Farben schillern noch bunter, als Rufus sie beschrieben hat. Das Kartoffelmännchen hat sich um den Hals der Schnecke geworfen und umarmt sie fest, während Trudis gellendes Lachen noch lauter wird. Mascha und Linus warten verlegen, bis Rufus sich aus der Umarmung mit seiner besten Freundin löst. Er dreht sich um und über das ganze Gesicht strahlend sagt er stolz: „Das ist meine beste Freundin Trudi!"

Die Freuschnecke zieht sich ein wenig zusammen und blickt ängstlich zu Rufus.

„Keine Angst, Trudi", versucht er sie zu beruhigen, „das sind Mascha und Linus. Sie und ihre Freunde haben mir geholfen, dich zu finden."

Noch wirkt Trudi nicht komplett überzeugt, aber sie schenkt den beiden ein zaghaftes Lächeln. Diese lächeln ebenfalls und sagen nur kurz „Hallo", um Trudi nicht zu verschrecken. Als aber die Umarmungen und Freudenlacher der Freuschnecke und des Kartoffelmännchens nicht enden wollen, räuspert sich Mascha kurz und sagt: „Rufus, ich kann verstehen, wie sehr ihr euch freut, aber wir müssen langsam los, sonst verpasst ihr euer Flutsch-Loch."

Rufus schlägt sich mit seiner dünnen Hand gegen die Stirn. „Oh, stimmt, das hätte ich vor lauter Freude fast vergessen. Komm, Trudi, wir gehen nach Hause."

Die kleine merkwürdige Gruppe macht sich auf den Rückweg zum Spielplatz. Mascha gibt ihren Freunden über das Walkie-Talkie Bescheid, dass sie Trudi gefunden haben und sich dort wieder treffen, wo sie Rufus kennen gelernt haben.

Plötzlich sagt Linus verzweifelt: „Es tut mir leid! Es tut mir schrecklich leid!"

Die anderen bleiben verdutzt stehen. „Was ist denn los?" Sie verstehen nicht, wovon er redet. Linus zeigt in den Himmel und antwortet leise: „Ich habe sie nicht mehr länger aufhalten können."

Im selben Moment prasseln die ersten dicken Regentropfen herab. Linus lässt traurig die Schultern hängen.

„Ach, Linus", sagt Rufus aufmunternd. „Jetzt ist es nicht mehr schlimm, wenn es regnet. Wir haben Trudi doch gefunden. Es passiert ihr nichts, außer, dass ihre Farbe abgewaschen wird. Und die erscheint wieder, sobald Trudi trocknet. Es ist wirklich alles in Ordnung! Du bist der beste Wolkenwandler, den ich kenne!"

Linus läuft rot an, so stolz ist er auf das Lob von Rufus.

Schnell laufen die vier im immer stärker

werdenden Regen zurück zum Spielplatz. Trudi verliert auf dem Weg nach und nach ihre Farben, hinterlässt dafür aber eine bunte Spur.

Auf dem Spielplatz warten schon die anderen Kinder. Sie sind sehr gespannt darauf, endlich die Freuschnecke kennen zu lernen. Als sie Trudi sehen, sind sie ein wenig enttäuscht, denn mittlerweile sieht sie aus wie eine normale Schnecke, wenn auch natürlich wie eine ziemlich große.

Linus, der die Gesichter der anderen richtig deutet, erklärt seinen Freunden schnell, was passiert ist. Unterdessen wischt Rufus einige Steine frei und klopft in einem bestimmten Rhythmus darauf. Sofort erscheint ein heller

Lichtstrahl aus den Steinen. Die Kinder starren mit weit aufgerissenen Augen in das Licht.

Rufus dreht sich noch einmal zu ihnen um: „Das ist das Flutsch-Loch. Wir haben nicht mehr viel Zeit, es schließt sich gleich wieder. Ich kann euch gar nicht genug dafür danken, dass ihr geholfen habt, meine Trudi wieder zu finden! Wolkenwandler, komm zu mir."

Linus geht einige Schritte vorwärts und kniet sich vor Rufus hin. Das Kartoffelmännchen hält ihm einen glitzernden Stein hin, den der Junge vorsichtig nimmt.

„Das ist der Schlüssel zu diesem Flutsch-

Loch. Es wird sich heute in einem Jahr wieder öffnen. Trudi und ich laden euch alle ein, uns dann in Lumbia zu besuchen."

Die Kinder fangen aufgeregt an zu flüstern und zu kichern. Weil Trudi bereits halb im Lichtstrahl verschwunden ist und auch Rufus darauf zu geht, beeilt Linus sich zu sagen: „Vielen Dank, ihr zwei! Wir freuen uns sehr über eure Einladung und werden euch ganz bestimmt besuchen kommen!"

Nun macht auch Rufus den letzten Schritt in den Lichtstrahl und sagt: „Wir werden auf euch warten!" Mit diesen Worten verschwindet auch das Kartoffelmännchen und sofort erlischt der Lichtstrahl.

Eine kleine Weile stehen die Kinder nur da

und starren auf die Stelle, in der Rufus und seine Freuschnecke verschwunden sind. Dann lassen sich alle noch den Zauberstein zeigen, bevor der ihn sicher in seiner Hosentasche verstaut. Schnell versichern sie sich noch, dass sie sich genau in einem Jahr an dieser Stelle wieder treffen werden, um nach Lumbia zu flutschen. Doch dann wird es einfach zu nass und alle rennen schnell nach Hause.

Dort wartet bereits Opa Kurt mit Handtüchern und Kakao auf Linus und seine Freundin. Die beiden freuen sich, als sie merken, dass Opa Kurt ganz gespannt auf die heutige Geschichte ist. Deshalb beeilen sie sich auch beim Abtrocknen und trinken nur einen großen Schluck Kakao. Dann schildern sie Opa Kurt ganz genau, was sie alles erlebt haben. Er hält die ganze Zeit über den Zauberstein in der Hand, den Linus ihm gegeben hat.

„Ich weiß gar nicht, was ich sagen soll", sagt Opa Kurt schließlich und schweigt danach tatsächlich. Unsicher sehen sich die Kinder an. Was meint er denn damit? Glaubt er ihnen etwa nicht?

Dann steht Opa Kurt auf und geht zum Kalender. Dort blättert er einige Seiten um und trägt etwas ein.

„So", sagt er, während er sich wieder hinsetzt. „Jetzt vergesst ihr auch nicht, wann ihr nächstes Jahr nach Lumbia flutscht." Er zwinkert den Kindern zu, die ihnen nur anstrahlen können.

„Opa, du bist der allerbeste Opa der Welt!", sagt Linus glücklich. Mascha nickt nur. Dann fällt ihr Blick auf Opa Kurts Kuckucksuhr an der Wand und sie springt auf.

„Es ist schon so spät, ich muss los. Tschüss, ihr beiden!" Schon läuft sie zur Tür.

„Wir treffen uns doch morgen wieder, oder?", ruft Linus ihr hinterher, bevor sie weg ist.

„Ja, ja, bestimmt", hört er noch von ihr, bevor die Tür hinter ihr zuschlägt.

Linus blickt seinen Großvater enttäuscht an. Doch der winkt ab: „Ich sag doch, ein komisches Mädchen. Selbstverständlich wirst du sie morgen wieder sehen! Mach dir keine Gedanken! Und jetzt lass´ uns essen."

Da das Thema für Opa Kurt damit offensichtlich beendet ist, sagt Linus auch nichts mehr dazu, obwohl er sich doch ein paar Gedanken macht.

Nach dem Essen machen es sich die beiden auf dem Sofa gemütlich. Opa Kurt lässt sich von seinem Enkel noch einmal ganz genau das Abenteuer mit dem Kartoffelmännchen Rufus und der Freuschnecke Trudi erzählen. Von der ganzen Aufregung ist Linus sehr müde geworden und schläft schließlich neben seinem Opa auf dem Sofa ein.

Mit lauten Rufen nach seinem Opa kommt Linus am nächsten Morgen die Treppe herunter gelaufen. In der Küche bleibt er strahlend stehen. Opa Kurt ist am Herd beschäftigt, dreht sich aber um, als er seinen Enkel hört.

„Herzlichen Glückwunsch zum Geburtstag, kleiner großer Mann!", sagt er, während er auf Linus zugeht und ihn fest umarmt. „Ich hoffe, du hast großen Hunger für dein Geburtstagsfrühstück?!"

Der Junge nickt breit grinsend und setzt sich an seinen Platz. Am Tisch vor ihm steht eine große Tasse Kakao und ein Teller mit einem kleinen Törtchen, auf dem eine Kerze brennt. Andächtig wartet Linus, bis sein Großvater alles auf den Tisch gestellt hat.

Glücklich sagt er: „Danke, Opa!"

Opa Kurt lächelt ebenfalls und antwortet nur: „Guten Appetit! Genieß dein Geburtstagsfrühstück!"

Das lässt sich Linus nicht zweimal sagen.

Das Frühstück an seinen Geburtstagen ist immer toll, denn er darf sich außer Eis alles wünschen. Deshalb gibt es heute Morgen neben Rühreiern auch Waffeln mit Schokosauce, Früchtemüsli und Tomaten mit Knusperkruste.

Dann dauert es eine ganze Weile, bis die beiden pappsatt die Teller bei Seite schieben und sich zurück lehnen. Opa Kurt bleibt nicht lange so gemütlich sitzen.

Er verlässt kurz die Küche, kommt mit einem Päckchen wieder und reicht es seinem Enkel. Linus macht große Augen: „Opa Kurt, du schenkst mir noch etwas? Sonst ist doch immer das Frühstück mein Geschenk?!"

Zögernd nimmt der Junge das Geschenk in seine Hände.

„Nun ja", antwortet Opa Kurt, während er sich wieder setzt, „dieses Jahr bekommst du noch etwas. Pack es aus."

Langsam öffnet Linus das Geschenkpapier und ist erstaunt, als er ein Album darin findet. Fragend sieht er seinen Opa an.

Dieser sagt ruhig: „Da ich nun weiß, dass du

ein Wolkenwandler bist, dachte ich, dass dir das vielleicht gefallen würde."

Linus versteht nicht, was sein Opa damit sagen möchte, aber anstatt nachzufragen öffnet er einfach das Album. Was er sieht überrascht ihn sehr. Darin befinden sich Zeichnungen von Wolken ganz verschiedener Art: Gewitterwolken genauso wie Schäfchenwolken, aber vor allem Zeichnungen von Wolken in bestimmten Formen. Genauso, wie Linus sie immer beobachtet und wandelt. Nachdem er einige Seiten überflogen hat, blickt der Junge von dem Album auf und seinen Großvater an: „Opa, was ist das?"

Jetzt wirkt Opa Kurt etwas verlegen: „ Naja,

das ist mein Wolkenbuch. Gefällt es dir?"

„Na klar gefällt es mir!", antwortet Linus begeistert, „es ist ein tolles Geschenk! Aber was heißt, es ist `dein` Album, hast du das alles gezeichnet?"

„Ja, das war ich. Schon als kleiner Junge habe ich mich am liebsten ins Gras gelegt und die Wolken beobachtet. Leider war ich kein Wolkenwandler so wie du, und deshalb habe ich gezeichnet."

„Dann habe ich das also von dir geerbt, das wusste ich noch gar nicht." Linus strahlt seinen Opa an. Dieser erwidert augenzwinkernd: „Du weißt ja auch nicht alles von mir!"

Jetzt muss Linus kichern. Genau diesen Satz

hat er auch vor wenigen Tagen zu seinem Opa gesagt, als er erfuhr, dass sein Enkel ein Wolkenwandler ist.

„Ich bin froh, dass wir das jetzt voneinander wissen!"

„Ich auch, Linus! Sollen wir uns das Album zusammen anschauen?"

„Au ja", ruft Linus und rutscht mit seinem Stuhl ganz nah zu seinem Opa.

Seite für Seite sehen sie sich die Zeichnungen an. Beide sind ganz aufgeregt und merken gar nicht, wie schnell die Zeit vergeht, während sie sich über die Wolken unterhalten. Erst, als der Kuckuck aus der Uhr springt, blicken beide auf.

Opa Kurt steht schnell von seinem Stuhl

auf und sagt: „Schon so spät! Jetzt muss ich aber schnell die Küche aufräumen. Und du willst bestimmt noch ein bisschen spielen gehen, oder?!"

Dann beginnt er, den Tisch abzuräumen. Linus sieht ihm verwundert zu, doch dann fällt ihm etwas ein: „Mascha ist ja noch gar nicht da."

Opa Kurt dreht sich schnell zur Spüle und antwortet grummelig: „Sie muss ja nicht jeden Tag hierher kommen. Du weißt doch, wo deine Freunde spielen, geh doch schauen, ob sie schon da sind."

Linus ist fast ein bisschen beleidigt. Er hat Geburtstag und sein Opa will ihn los werden. Aber da er keine Lust hat, beim

Abwasch zu helfen, sagt er nichts außer sich zu verabschieden und macht sich auf den Weg zum Spielplatz.

Zu seinem großen Erstaunen und noch größerer Enttäuschung ist der Spielplatz verlassen – keiner seiner Freunde spielt dort.

Unschlüssig schlendert er zwischen den Spielgeräten hin und her. Als er sich eingestehen muss, dass wohl niemand mehr auftauchen wird, beschließt er, die Kinder zu suchen. Irgendwo müssen sie ja schließlich sein, an so einem schönen Tag!

Also begibt sich Linus auf die Suche, er durchstreift den ganzen Ort, aber seine

Freunde sind wie vom Erdboden verschwunden. Irgendwann kommt er in die Straße, in der Opa Kurt wohnt. Linus geht mit hängendem Kopf zu dessen Haus. Es ist wirklich traurig, dass ausgerechnet an seinem Geburtstag niemand Zeit hat, um mit ihm zu spielen! Er hat sich schon so auf ein neues Abenteuer gefreut!

Linus schließt die Haustür hinter sich und ruft ins Haus hinein: „Opa, ich bin wieder zu Hause."
Auf dem Weg in die Küche beginnt er zu erzählen: „Stell dir vor, es war niemand draußen, weder auf dem Spielplatz noch…"
Er hört mitten im Satz auf zu sprechen.

Opa ist nicht in der Küche, obwohl er sonst mittags immer dort die Zeitung liest.

„Opa? Opa?"

So langsam wird es Linus unheimlich. Es können doch nicht alle verschwunden sein?! Langsam geht er von Raum zu Raum, aber sein Opa ist nirgends zu finden.

Im Wohnzimmer sieht er dann, dass die Terassentür offen steht. Als er den Vorhang zur Seite schiebt und in den Garten tritt, glaubt er nicht, was er sieht: Alle seine Freunde sind dort. In dem Moment wird er auch von ihnen gesehen und sie fangen laut an zu singen: „Happy birthday to you, happy birthday to you! Happy birthday, lieber Liiinus, happy birthday too youuuuu!" Opa Kurt kommt von einem Tisch im hinteren Teil des Gartens auf Linus zu. Er trägt eine riesige Torte, auf der jede Menge Kerzen brennen. Linus kann sein Glück kaum fassen! Bevor er reagieren kann, kommen alle auf ihn zu gelaufen. Sie gratulieren ihm und bitten ihn aufgeregt, die Kerzen auszupusten. Linus ist vor lauter Lachen und Freude ganz außer Puste, sodass seine Freunde ihm helfen müssen.

„Mensch, was macht ihr denn alle hier?", fragt Linus, während Opa Kurt den Kuchen abstellt und ihn in Stücke schneidet.

„Wir feiern deinen Geburtstag, was denn sonst?!", antwortet Mascha naseweis. „Wir haben schon gedacht, wir müssten ohne dich feiern, so lange wie du unterwegs warst."

„Ich hab euch doch alle gesucht", prustet Linus vor Lachen und alle seine Freunde lachen mit ihm.

„Und du hast das alles gewusst?", fragt Linus seinen Opa.

„Ja, das habe ich. Deine Freundin, die Ananasprinzessin hier, hatte die Idee. Sie ist auch für das ganze Pipapo hier im Garten verantwortlich."

Er sieht kein bisschen grummelig aus, während er zu den Girlanden, Lampions und bunt gedeckten Tischen schaut. Im Gegenteil, er lächelt Mascha dankbar an.

„Das ist das tollste Geschenk aller Zeiten,

vielen Dank ihr alle!" Linus kann gar nicht aufhören zu lachen, so sehr freut er sich.

„Aber das ist doch nicht dein richtiges Geschenk", erwidert Mascha.

Von dem großen Jungen mit den Locken bekommt Linus zwei Päckchen überreicht. Aufgeregt packt er das erste aus.

„Hm, danke. Aber was ist das?" Er blickt fragend in die Runde.

„Das ist ein Umhang", erklärt Mascha, als wäre es das Normalste der Welt. „Und als richtiger Zauberer brauchst du doch einen Umhang. Er ist blau und weiß, wie der Himmel und die Wolken. Weil du doch der Zauberer Wolkenwandler bist. Damit gehörst du jetzt offiziell zu unserer Bande!"

Die Kinder klatschen laut, als Linus stolz den Umhang anzieht.

„Und dafür müsst ihr verkleidet sein?" Opa Kurt versteht die Welt nicht mehr.

Mascha erklärt ihm ungeduldig: „Wir sind nicht verkleidet! Linus ist der Zauberer Wolkenwandler und ich bin die Ananasprinzessin. Das ist einfach so!"

Und bevor Opa Kurt noch etwas sagen kann, wendet sie sich schnell wieder an Linus: „Öffne das zweite Paket!"

Der Junge reißt ungeduldig das Papier ab und ist schon wieder sprachlos. In seinen Händen hält er ein Bild, auf dem alle ihre Abenteuer gezeichnet sind.

„Max hat das gemalt. Schau, wir sind alle

drauf."

„Danke", flüstert Linus gerührt, „sogar an den Drachen und Rufus und Trudi habt ihr gedacht!"

Neugierig betrachtet auch Opa Kurt das Bild: „So sehen also das Kartoffelmännchen und die Freuschnecke aus. Das ist wirklich eine schöne Idee, Kinder!"

„Naja", sagt Mascha nun fast ein bisschen schüchtern, „das ist, damit du uns nicht vergisst, wenn du wieder nach Hause fährst. Und damit du in den nächsten Ferien wieder kommst."

„Ich könnte euch nie im Leben vergessen, ihr seid doch meine Freunde! Und natürlich komm´ ich in den nächsten Ferien wieder, wenn Opa es erlaubt!"

„Du darfst immer zu mir kommen, wenn du möchtest", antwortet Opa Kurt. Selbst er scheint gerührt zu sein.

„Ach, Opa Kurt, keine Sorge. Wenn Linus nicht da ist, komm ich dich ganz oft besuchen!", sagt Mascha aufmunternd.

„Ich komm ganz gut allein zurecht, danke!" Als er den warnenden Blick seines Enkels sieht, fügt er noch hinzu: „Aber wenn du zwischendurch auf eine Tasse Kakao vorbei kommen und mir von euren Abenteuern erzählen magst, freue ich mich natürlich."

„Abgemacht", ruft Mascha lachend, während Opa Kurt leise seufzt.

Dann nimmt er seinen Enkel an die Hand. „Komm mit, Linus, ich habe auch noch ein Geschenk für dich." Die beiden gehen in den Garten.

„Noch ein Geschenk?" Linus ist komplett verwirrt. „Aber Opa, du hast mir doch schon das Album geschenkt, und die Party, und…"

„Das ist ein anderes Geschenk", wiegelt Opa Kurt ab.

In dem Moment sieht Linus, was sein Opa ihm schenkt. Er kann sein Glück kaum fassen und läuft los. „Mama, Papa, ihr seid da", ruft er glücklich, als er sich in die Arme seiner Eltern wirft. Linus strahlt über beide Ohren. „Opa, du bist wirklich der

Allerbeste!"

Opa Kurt steht nur da und kann gar nichts sagen. Da ergreift Linus´ Vater das Wort: „Opa hat uns angerufen und gesagt, was du für tolle Freunde gefunden hast mit denen du jede Menge Abenteuer erlebst und dass ihr eine Gartenparty mit allem Pipapo feiert. Das konnten wir uns doch nicht entgehen lassen!"

Linus kann vor lauter Glück nichts sagen, umarmt seinen Opa aber, so fest er kann.

„Wir haben natürlich auch ein Geschenk für dich", sagt Linus´ Mutter schließlich.

Linus schaut sich um, kann aber kein Geschenk entdecken.

„Es ist nicht zum Auspacken", erklärt sie,

„und es ist auch eher ein Geschenk für uns vier. Wenn Opa Kurt auch mag."

Der Junge blickt seinen Opa fragend an. „Natürlich mag ich", antwortet der und alle wirken erleichtert. „Haben wir vorher noch Zeit für Torte?" „Na klar."

Sofort läuft Linus zurück zu seinen Freunden und verteilt die Torte.

Linus´ Eltern und sein Opa sitzen zusammen an einem Tisch und schauen den Kindern zu, die spielend durch den Garten tollen.

Dabei achten alle sehr genau darauf, nicht in Opa Kurts Beete zu treten, schließlich hat Mascha ihm das versprochen.

Nach zwei Stunden stehen die Erwachsenen

auf. „Linus, wir müssen los, dein Geschenk wartet."

Unentschlossen blickt Linus zwischen seiner Familie und seinen Freunden hin und her. Er ist in einer Zwickmühle und kann sich nicht entscheiden, was er lieber möchte – weiter mit seinen Freunden spielen oder das Geschenk seiner Eltern erhalten.

Da kommt Mascha ihm zu Hilfe: „Geh´ mit deiner Familie, Linus. Das Geschenk wird dir sicher gefallen! Wir sehen uns morgen alle wieder, du bleibst ja noch ein paar Tage bei deinem Opa."

Damit ist die Entscheidung getroffen. Linus winkt seinen Freunden zum Abschied zu, nimmt dann die Hand von Opa Kurt und folgt mit ihm seinen Eltern ans Auto.

Während der Fahrt wird Linus immer aufgeregter. Er kann sich nicht vorstellen, was seine Eltern ihm schenken wollen und sie verraten nichts. Auch Opa Kurt weiß nicht, wohin sie fahren und wirkt ebenfalls ein kleines bisschen aufgeregt.

Schließlich biegt Linus´ Vater auf einen Feldweg ab und nach einigen Kurven sehen sie das Geschenk. Auf einer großen Wiese steht ein Heißluftballon. Sobald das Auto hält, springt Linus hinaus und läuft zum Heißluftballon.

„Wow!" Linus kommt aus dem Staunen nicht mehr heraus.

„Gefällt es dir?", fragt seine Mutter, die mit

seinem Vater und Opa Kurt bei ihm angekommen ist.

„Jaa, das ist wahnsinnig toll", antwortet er, über das ganze Gesicht strahlend. „Nicht wahr, Opa, das ist eine tolle Idee?!"

„Ich weiß nicht so recht." Opa Kurt wirkt zögerlich. „Ich glaube, ich warte lieber am Auto auf euch."

„Nein, Opa, du musst mitkommen", erwidert Linus aufgebracht. Er geht zu ihm hin und nimmt seine Hand. „Bitte, tu mir den Gefallen! Außerdem", flüstert er nur für Opa Kurt hörbar, „sind wir doch Wolkenmenschen. Und im Heißluftballon sind wir ganz nah an ihnen dran."

So ganz überzeugt wirkt Opa Kurt noch

nicht, aber dennoch lächelt er seinen Enkel an und sagt: „Das stimmt natürlich. Also abgemacht, ich komme mit."

„Juhuuu", ruft Linus laut und auch seine Eltern wirken erleichtert und glücklich.

Ein paar Minuten später ist der Heißluftballon startklar und die Fahrt kann losgehen. Linus kommt wieder einmal aus dem Staunen nicht mehr heraus. „Sieh nur, Opa, wie klein da unten alles aussieht! Das ist wundertoll!"

„Das ist es wirklich! Danke, dass ihr mich mit genommen habt!"

Linus sieht glücklich dabei zu, wie Opa Kurt seinen Papa umarmt. Er hofft, dass sie nun alle wieder mehr Zeit miteinander verbringen werden.

Und dann wird die Fahrt noch schöner.

Linus erzählt seinen Eltern alles über seine Abenteuer als Zauberer Wolkenwandler.

Dabei wird er kräftig von Opa Kurt unterstützt, der offensichtlich richtig stolz auf seinen Enkel ist.

Auch die Eltern sind schwer beeindruckt von ihrem tapferen Sohn! Und wie erstaunt sie sind, als sie erfahren, dass auch Opa Kurt ein Wolkenmensch ist! Schon bald blicken alle nur noch in den Himmel und beobachten die Wolken.

Linus und Opa Kurt beschreiben den Eltern, die darin nicht so gut sind, was sie alles in den Wolken erkennen können. Die vier haben so viel Spaß wie schon ganz lange nicht mehr. Deshalb kommt Linus die Fahrt mit dem Heißluftballon viel zu kurz vor.

Auf dem Heimweg sagt er deshalb: „Wenn ich darf, wünsche ich mir das zu meinem nächsten Geburtstag noch einmal!"

„Na, und ob du das darfst!", antwortet sein Vater lachend. Und seine Mutter fügt hinzu: „Wir würden uns sehr freuen, wenn wir das nochmal machen würden!"

Fragend sieht Linus zu Opa Kurt. Dieser zwinkert seinem Enkel zu und sagt: „Ich wünsche mir auch, dass wir das noch einmal machen!"

Nach diesen Worten fahren alle glücklich zu

Opa Kurt nach Hause.

Abends ist Linus richtig müde und geht sofort ins Bett. Nachdem seine Eltern ihm eine Gute-Nacht-Geschichte erzählt haben, kommt Opa Kurt noch einmal zu ihm.

„Na, kleiner großer Mann", sagt er, während er sich zu ihm ans Bett setzt, „hattest du einen schönen Geburtstag?"

„Das war der beste Geburtstag aller Zeiten, Opa!" Der Junge umarmt seinen Opa fest. Dann fügt er lächelnd hinzu: „Und ist es nicht toll, dass Mama und Papa bis zum Ende der Ferien auch hier bleiben?!"

Auch Opa strahlt nun: „Ja, Linus, das ist wirklich toll! Wir werden uns noch ein paar schöne Tage machen! Jetzt musst du aber schlafen, du willst doch morgen fit sein für euer nächstes Abenteuer!"

Opa Kurt deckt Linus zu, macht das Licht aus und geht zur Tür.

„Gute Nacht, Opa", sagt Linus schon im Halbschlaf, „ und vielen Dank für alles! Du bist der beste Opa der Welt!"

„Und du bist der beste Enkel! Schlaf gut, Zauberer Wolkenwandler, und träum was Schönes!"

In dieser Nacht träumt Linus von vielen Dingen: Von seinem Opa, seinen Eltern und Freunden. Er träumt auch von den Abenteuern, die er schon erlebt hat und von ganz neuen Abenteuern.

Ob seine Träume wahr werden, weiß ich nicht. Aber eins ist sicher: Linus wird noch ganz viele tolle Abenteuer erleben!

ENDE

DANKE...

... an Marion für's Korrekturlesen!!!

... an Tinchen für das wunderschöne Cover!!!

... an Thomas für andauernde Motivation und unglaubliche PC-Kenntnisse!!!

... und natürlich an dich, danke, dass du die Abenteuer von Zauberer Wolkenwandler und der Ananasprinzessin gelesen hast!!!